KB271358

18

비처럼 스며드는
내 삶의 한 조각

over a wall
poetry
18

이종덕 시집

비처럼 스며드는
내 삶의 한 조각

담장너머

소리도 없이 비가 내리나 했더니
천둥 번개가 세상을 온통 겁준다
창 밖을 내다보니 바람이 가로수의 허리를 꺽어버린다
나쁜 놈…
태풍이란 놈이 유난을 떨고 있다
팔팔 물을 끓여 달콤한 밀크커피를 타서 마신다
달콤하다
밖은 저리도 태풍과 싸우는데
난 지금 달콤한 커피를 마시고 있다
우리네 인생도 이런게 아닌가 싶다
한쪽에서는 힘들고 또 다른 쪽은 웃으며 살고 있다
태풍이 지나가는 것을 창문을 통해 보는 것처럼…
황혼의 나이로 가는 길목에서
작은 마음 하나 내려 놓아보려 한다
남들도 나처럼 태풍도 만나고
달콤한 커피도 만났을 테니까
공감할 수 있는 마음 한 자락이기를 바라는 마음으로
마음 한 조각을 조심스레 내려놔 본다

2012. 11.
이 종 덕

인생이라는 건

인생이라는 건

새벽이슬에 취해
눈을 뜰 때
살아 있는 삶의 시작이다

오늘을 위한 목마름
어둠에
접어 두었던 삶

그 속에서
밝은 태양이 새로운
삶을 서두르지만

곧 어둠으로 바뀌어 간다
우리네 삶도 이 같이
너무도 짧다

실바람에 흔들리는
우리의 인생
늘 사랑의 꿈을 간직하고
살아가지만

가벼운 실바람 맞고
울고 웃는
우리의 삶이 아닐까

어머니

언제나 다정히 부르던
당신의 이름 어머니
저 멀리 깊은 산속에서 들리던
소쩍새의 쉰 노래 소리가
오늘은 가까운 곳에서
구슬프게 내 귓가를 맴돈다

당신께서 일러주신 사랑에
한 갈래 곧은 길
그 길을 걷다보면 고우신
당신의 사랑스런 손길이 느껴져
난 언제나 그 향기를 음미하며
당신이 가신 그 길을
걷고 있네

황폐하고 힘들었던
그 세월을 등지고
말없이 떠나신
주름진 당신의
저 문 뒷마당의 황혼길
지금도 소쩍새가
목 놓아 울고 있다

작은 용기

작은 물줄기가 모아져 큰물이 되고
강물이 된 물줄기는
다시 바다로 태어나고 있다
가난에 비굴하지 말고
작은 용기 모아
작은 집 하나 짓고
다시 용기를 내어 시작한다면
빌딩도 못 지으란 법 없다
이 같은 시절이 오지 않더라도
서두르지 말고
돌덩이도 야금야금
서서히 녹이는 강물을 생각하고
늦었다고 하지마라
저 강물 앞에서
용기를 내어 말하라
나도 할 수 있다고

가슴에 남는 좋은 사람

어둠이 걷힌 새벽녘
회색빛 영롱한 시야가
나를 희롱 하지만
푸른색 띤 산하를
나는 오늘도 겁 없이 내딛는다
쉴 새 없는 내 발놀림은
지나간 어둠 속 긴 외출의
방랑이라 생각하지 않아
텅 비어있는 소라 껍질처럼
쓸모가 없어 보일지언정
숨 쉬는 그날까지
동상이몽을 꿈꾸면서
우아한 발놀림으로
나 그대를 찾아 떠나리라
당신의 소중한
사람으로 향기는 없지만
꽃 같이 아름다운 사람으로 남아
달려가리라

눈 오는 날에

하이얀 들녘
소복을 입은 너의 아름다움
너의 환영이
네 마음 들이칠 때쯤
보고 싶음에 내 마음 요동친다
너의 초상에
멈추어진 내 마음은
영혼을 불태우며
긴 호흡에 입 맞추며
내 스스로
네 바람이고 싶어 한다

그리움에
강둑도 덩달아
닫아버린 내 마음 달래려
하얀 소복을 입고
유혹하지만
난 이미 그대
그림자 되어 달빛 속으로
숨어 들어가
황홀경에 빠진 행복한
바람이 되고 말았다

술에 취한 잠든 밤

어둠이 뉘엿뉘엿
깊어가는 밤
은하수 불빛 속에
달빛을 타고
한 잔의 술을 따른다
세상사 부질없다
세월 탓만 하다가 만
모자란 인생
어둠에 기대어
한 잔 술에 허덕인다
이빨 빠진 이 삶에
허무한 마음
다스리지 못하는 인생
한잔 두잔 흐느끼며
취해가는 이 밤에
귀뚜라미 울음소리에
한 잔의 술을
들이키다가 삼킨 고독의 삶
끌어안고 비틀대는
술에 취해 잠든 밤
이 풍진 세상
누가 기억이나 해줄까

사랑 이제는 말하고 싶다

취객의 흐트러진
얼굴 비워져 가는 잔 속에
웅크리고 있는 또 하나의
진실한 속마음들

취기를 빌미삼아
고백하지 않으면 안될 것 같은
사랑에 밀어들
취함을 가장하여
하고픈 많은 이야기들

그대의 손 맞잡고
끝 간데없는 하늘을 휘저으며
은하수 달빛 속에
내 사랑에 뚜껑을 열어
마음을 전하고 싶다

사랑하는 마음

내 눈가는
날마다 흐르는 눈물
가슴속은 싸늘한
바람만 휑하니 지나간다

그 눈물 막으려
하늘을 쳐다봐도
어느새 주르르
내 심연 깊은 곳엔 언제나
너의 어여쁜 환영을 그린다

한참을 꺼내어 보지 못한
너의 웃음 짓는 모습들
생각만 해도 눈물이 난다
오늘 난 너를
어여쁜 웃음을
살포시 꺼내어 본다

화려한 외출

계절이 남기고 간
그리움의 파편들
발자국 따라 되돌아
외로움이 역겹다

아지랑이 수평선 넘어
봄을 업고 들어오면
어느새 전령 술사의 마법이
봄을 뿌려 놓는다

계절이 버리고 간 그곳에
겨울잠 자던 산하는
봄을 맞으러
화려한 외출을 준비한다

그리움의 비수

바람에 나부끼던
구절초 슬며시 내 가슴에
내려와 앉는다
그 작은 모습이 애처로워
차마 눈길 뗄 수 없고
내 발길은 떨리며
감히 떨어지지 않는다
가슴 속에는 벌써
그리움 하나가
아스라이 파고들며
내 가슴을
비수되어 찌른다
떨쳐 버릴 수 없는 마음
밤이슬에 속옷까지
젖어들어도
그리움이 있는 그곳에
널 찾아 꼭 갈 거야

살맛 나는 사람들

늘 생각나는 사람이
있다는 건
정말 고마운 일이다
보고 싶은 사람이
있다는 건
얼마나 행복한 일인가
나이에 따라 세월이
흘러간다
그 시간의 틀 속에서
그리워하는 임이
있다는 건
아직도 내 마음은
푸른 초목이란 말인가

적당히 비어있는 나의
인생의 틀 속에서
언제나 자신감을 갖고
살아갈 수 있다는 것도
고마운 사람들이
멀리 가까이서
나를 바라보며 그리워하고
나도 그리워하게 되는
사람이 있다는 거
얼마나 살맛나는 일인가

깊은 사랑

깊은 고뇌가 스쳐온다
어둠이 내린
차가운 내 심장에
불씨를 지피는 그대
그리움 몰고 온
비가 내리는 날은
그대의 진실한 눈빛이
가슴 가득 빗물 되어
비수같이
내 심장을 멈추고
눈시울 뜨겁게 한다
늘 청순한 사랑을 발하는
그대의 눈빛 속에
기억의 계곡에서
추억을 이야기하며
가슴에 담긴 그대의 눈빛
고뇌는 슬퍼도
행복하다라고 말할거야

사랑

사랑은 언제나 새로운 것
설레임이 있고
꿈 같이 황홀하고
따뜻하고 정겨운 동행

둘만의 감미로운 언어
만나는 시간 둘만이 느끼는 것
끈끈이 밀려드는
파도의 늪처럼 빠져든다

관능적이고
수줍은 서로 관심의 밀어
하늘에 빛나는 별보다도
찬란한 것
그것은 동해의 사랑이다

오늘의 행복

삶이란 늘 오늘만
생각하게 된다
지나간 세월의 삶도
오늘이 있기에 아름다웠다고
생각을 하게 하며
후회 없는 삶이었다고 말한다
하지만 과연 멋진 삶이었을까
지금 이 순간이 아름답다 하며
진정한 우리들의 아름다운
삶을 만들고 있다고
애써 말하며 회유한다

그늘에 싸여 고통받던
삶의 일부분도
진행형의 빛 발하는 삶에 가려져
보이지 않으니까
즐겁고 행복한 삶이라 한다
내일의 행복을 위해
오늘의 즐거움을 만들어야 한다고
그것이 우리들이
가야할 삶이라고

가슴속 눈물

가슴에 흐르는 눈물
그 아픔은 더하다
숨겨둔 냉정한 눈물
아픈 그리움입니다

가슴속 눈물은
더욱 진실한 눈물입니다
볼 수는 없지만
눈물 흐름은 화롯불처럼 뜨거워
고통스러운 아픔입니다

온몸으로 뜨거운
혈이 퍼질 때 그 아픔이
때로는 진한 사랑의
고문이기도 합니다

구월의 노래

가을 바람에 실려 온
구월의 아침
곱게 피어난 코스모스 향기가
구름타고 하늘로 날아
행복의 무지개에 실어
그대에게 보냅니다

보고 싶어도
볼 수 없는 당신 환영을
하늘 강가에 그리며
그 속을 헤매고 있어요
보고픔에 먼 하늘 바라보며
혼자 울었습니다

흐르는 강물도 굽이치며
제 울음소리에
화음을 더 합니다
당신하고 떨어져 있는 동안
강둑 너머 산에는
계절의 꽃들이
피었다 졌다 하겠지요

당신이 없는 빈자리
그 자리에는
우리 사랑의 열매가 자라고 있을까요
물잠자리 날갯짓처럼
홀연한 마음으로
내일도 당신 기다림을
행복으로 알고 살아 가야겠어요

나의 길

먼 길 한달음 달려온 길
황혼의 길
언제나 뒤돌아보며 가고 있다
내 삶의 고행 속에서도
행복이 넘쳐들었고
지나온 나의 길을 그저 고마워했다
삭풍이 들이치고 어둠에 갇혀도
밝은 앞날의 희망을 꿈꾸는 마음이 없었더라면
얼마나 고통의 몸부림을 쳤겠는가
기억도 가물한 알 수 없던
들길에서 들풀과 함께하며
하늘을 바라보던 그때도
내가 가야 할 길이었다
서슬퍼런 추억과 연민이 깃든
그 길을 오늘도
행복한 포만감을 안고
나는
내일도 모레도 간다
내가 가야 할 길이기에

세상살이

누구나 한 번쯤 죽음을 생각한다
나도 그랬다
절망이란 끝에 서서 더 이상 도망갈 곳이 없어 그랬다
다 놔 버리고 싶어 그렇게 죽기 위해 술을 마셨다
소주를 마시며 모든 걸 잊기 위해
아니 버리기 위해 마셨다
마시면 다 잊어버릴 것 같았다
그런데 세상은 그렇게 쉽지 않았다
무덤을 베고 누워 뜨거운 태양과 눈싸움을 하다
잠이 들었다
어둠이 내리고서야 눈을 뜨고
술이 덜 깬 몸으로 비틀거리며 집으로 갔다
눈을 뜨면 출근을 하듯 그곳을 찾았다
소주 살 돈이 없어 성묘 다녀간 무덤을 찾아
남겨둔 소주를 마셨다
시간이 늦으면 그것도 없었다
사람이 버린 음식은 날짐승들이 와서 먹었다
세상은 그냥 버릴 것이 아니었다
다시 살아야 한다는 생각이 들었다
누구를 위해서가 아닌 나를 위해서
사람들은 누구나 살기 위해 죽기 위해 핑계를 댄다
난 어떤 핑계로 그렇게 소주병을 비운 걸까

살고자 하니 길이 보였다
그저 막막하게만 느껴졌던 곳에서 길이 보였다
세상을 버리려고 한다고 세상에 버려지는 것은 아니다
내가 버려진다는 걸 알았다
그 속에 내가 들어가 사는 것이다
세상은 그저 말없이 있을 뿐이다

사랑을 하다 보면

사랑을 하다 보면

사랑을 하다보면
당신을 나 혼자만 알고 있는 것이
너무나 안타까워
누군가에게 자랑하고 싶다
사랑은 나도 모르게
용기와 희망을 품게 하고
황폐해진 내 가슴 속을
넉넉하게도 한다

사랑을 하다보면
용서할 줄도 알고 그것이
아름다운 사랑의
행위라고 생각한다
사랑은 너무나
소중하기 때문에 같이 하는
그 시간들이 소중하고
행복한 행위라고
생각하기 때문이다

푸른 숲의 사랑

저 멀리 수평선 넘어
나만의 숲속에서
낭만과 사랑을 간직한 채
희망의 아침을 연다

나만의 그리움은
저 푸른 숲처럼 희망차게 보이는데
뻐꾸기 짓궂은 울음소리가
서산 넘어로 내 그리움을
날려보낼 것 같아 섧다

기다림에 사랑은 오늘도
돌아오지 않은 채 밤은 다가오고
낭만을 담은 고운 내 사랑도
어둠속에서 간절한 마음으로
푸른 숲의 새벽을 기다린다

핑계

무엇이 외로워
깊은 밤 불면 속으로
나를 내몬다 할까
작은 풀벌레 소리에도
외로움을 타는 것은
아직도 내 가슴속에
젊은 피가 들끓고 있기 때문일까

멀리하며 머리가 흔들리는 밤은
내 마음의 평정을 잃어서 그러겠지
나를 지탱하고 있는 몸이
내 마음과 씨름을 하고 있기 때문일 거야
이 밤 지친 육신은 갈팡질팡하지만
내 마음은 늘 순결한
그대를 찾고 있다

남겨진 사랑아

그대 떠난 날부터
맑은 하늘에 하얀 낮달이
슬픈 미소를 띠고 있네

지울 수 없는 그대와의
애달프던 사랑의 시어들
짧은 만남에 사랑이
너무 깊기 때문일까
아니면
너무 깊게 내 마음
꽁꽁 숨겨놓아서일까

그대여
긴 세월 남몰래 흘린 눈물이
강물 되어 흐르고
사랑의 흔적은
가슴속 생채기만 남기네

후회

밤새 내리던 비
동녘이 밝아오니
회색빛을 발하며 그치고 있다
어둠에 갇혀
한 발도 대문 밖으로
내딛지 못한 건
날이 밝지 않음이 아니다

어제 하루종일
낮 시간 동안 한 통의 전화도
오지 않아서일까
외로움이 한꺼번에 밀려와
고독에 몸부림 때문일까
요즘에는 가끔
숨 쉬는 운동만 거듭하니
삶에 의욕을 상실했기 때문일까

오늘은 계곡 물 속에서
쉴 새 없이 흔들어 대며
물길 가르는 송어처럼
활발한 발끝으로
내 길을 가리라

그리움

그리움에 취한 비틀림
고독하다고 그립다고
그리움을
술에 타서 마신다

밀려오는
그리움 막을 수 없어
술잔에 그리움을
다시 띄워본다

깊고 깊은
가슴속에 지나간
젊은 날의 속앓이
남아서일까

오늘도 내일도
빛바랜 추억을 들쳐내
그리움에 취해
한 잔 술 위를
빙빙 내딛으며
걷고 있다

비 오는 날의 유혹

비오는 밤이면
그리움에 기다림이
내 가슴 설렘으로
다가오는 그대의 환상

비가 몰고 온
그리움에 설레임이 모아져
나도 모르게
그대의 환영을 기다리지

그대와의 사랑에
밀어들이 빗속에서
파생되며
내 가슴속의 골마다
파고들기도 하지

추적거리며 내리는 빗속에
사랑의 미로가
추억을 이야기 하자며
오늘도 나를 유혹하고 있네

삶의 수혈

허기진 하루 어둠이
골목을 집어 삼키고 있다
하루 햇볕 다 지나고
닫힌 창문 틈 사이로
가족들의 흐트러진 대화들
담장 너머로
파생되며 골목길에
빛을 발하며 토해진다

별들도 보이지 않는
야한 밤은 깊어가고
하늘로 파생되고
지워져 가는 삶의 애환
허기진 골목길 풍경이다
파생된 문자들이
남아있는 삶에 그물치고
내 혈관 속으로 수혈된다
내일을 위해 가자고

바람아 너는 알고 있지

바람아
너는 알고 있었지
내 사랑이 너를 따라갔는지
그리움을 넘어
사랑했던 인연들

다시 만날 것을
간절히 바라는 내 마음
지나온 시간들 속에
행복했었다는 것을

잠시 스치는
그리움에 사랑이 아니라
꿈에서라도
내 사랑 다시 만날 수 있다고
믿고 기다린다는 것을

바람아
내 마음 너의 가슴에 실어
저 멀리 가 있는
그리움에 파편들 속에 내 마음
던져주고 와다오

이런 인생

불빛 하나 찾을 수 없는
냉기만 싸늘한 방
모진 세파에 일그러진
얼굴의 밭고랑에 세월을 이겨낸
역정이 보이네
항상 과욕은 금물이라고
타협을 내팽개치고
그저 평범한 꿈만 가지고
알량한 이성의
완결자라고 버티며
지나온 세월들
해설피 산 그림자처럼
아름답지는 않지만 아마도
내가 죽은 다음에도
내 인생의 업보가
편히 잠들 수 있었다고
나는 인생의 완결자라고
외쳐댈 거야

둥지 속 사랑

먼 산 슬피 우는 부엉이 누구를 기다리나
구슬피 울어대는 소리가
기다림에 슬피 우는 그대 목소리 같아
나의 마음을 더욱 아프게 하고
늘 티 없는 모습으로 나를 찾던
그대 모습에 오늘따라 그대 환영에서
골 깊게 파진 그대 얼굴을 보고
인생 계급장인 주름이 굽이쳐 보이는 건
그대 청순함을 상실했다는 것은 아닙니다

왠지 내 마음 편치가 않아
사계절 푸른 사철나무처럼 한결같은
마음이라면 칼바람도 두렵지 않다던
당당한 그대 모습이 기다려집니다
그대와 나는 운명적 사랑으로
비켜가지 않는 세월 속에
서로 묵묵히 바라보는 것만으로
행복과 즐거움을 만끽한
우리는 영원한 둥지를 튼 사랑입니다

내 사랑 풀잎

높고 깊어 보이는 하늘
그 푸르름이 가을 풀잎을 이기려 한다
하늘은 맑고 푸르지만
들을 지키는 풀잎에서 스스로 뿜어 나오는 향기
그윽한 이슬 한 움큼 방울방울 애처롭지만
반가운 그대 소식을 예감으로 알 수 있지요

바람 불어올 때쯤이면 그대 오신다는 걸
바람에 마중 나오는 뭉게구름
그대 환영과 같이
메마른 대지 위로 단비를 내려주고
배고픈 풀잎에 고운 빛살을 띄우며 지나간다
풀잎은 그 진한 향기로 보답하고
그대는
나의 풀잎 사랑이야

밤의 여로

사랑은 언제나
스치는 바람 속에
밤의 침묵 속 틈새 타고
그리움이 나를
에워싸고 있다

시간은 세월을 망각한 채
깊은 설레임을 안고
잘 길들여진 내 영혼에
또 하나의 시름을 심어놓고
밤의 꿈길 속에서 나를
시험한다

내 유일한 밤의
안식처인 그 꿈길마저
고행의 수렁으로
빠트린다

식어가는 내 육신에
밀려오는 세월도 어둠에 갇혀
내 영혼의 그림자만 바라볼 뿐
그리움의 미로 속을
애태우며 맴돌고 있다

조각난 세월

세월이란 이름
불같이 미련을 잠재운다

비워진 가슴
빗줄기 내려친
들녘 너머로 사라지는
목 메인 시간
길 위에 또르륵
굴러가며
체념한 듯 파산된
지나간 시간들
세월이란 이름
뒤로한 채로 조각된
과거의 시간들

점점 멀리 떠나고 있네

망상

생명이 살아 숨쉬는
맑은 숨소리 되어 메아리쳐
들려오는 산하의 계곡
설레임이 충만한
그 생동감 나는 물줄기
피아노 멜로디처럼
귀를 기우리게 한다

아름다움으로
도취된 내 가슴 속앓이
뜨거운 미열되어
용솟음치며 빠져들고 있다
끝 간데없이 매달려
황홀감 속에 내 영혼까지
던져 버려도 아깝지 않은 산하
마음속 여행은 계속이다

비로 온 당신

빗속에서
당신 생각이 그리움의
비로 내리고 있다
빗물 되어 다가온다
사랑의 추억들이
지금은 길 위에 아무도
보이지 않지만
당신의 마음들이 빗물로 젖어
내 가슴에 깊숙이
내려 앉는다

빗물 되어 당신이 그린
수채화 얼굴
너무나 아름다워
남이 볼까 샘난다
비로 온 당신은 오늘도
내 어깨 위에 스며들며
그리움을 남게 해
내 가슴 뿌듯합니다

어머니 사랑

산고가 시작되는 날
열 달 동안
나를 위해 고생하시고
마지막 고행을 하시는
어머니의 사랑
어머니의 고귀하고
위대한 사랑은 이제부터
시작하고 있었네
한 사람을 위한 사랑
선택받은 나
어머니 고통 속의 사랑으로
세상을 비집고
태어난 나 여명의 별처럼
빛나게 살아가리
여명이 시작하는
아침부터 한쪽만 바라보는
해바라기처럼
언제까지나 위대한 어머니
한 사람만 사랑하리

너는 바람이었어

기억의 강물에 한 올 한 올
풀어 띄워 보내는 세월아
그 늪 속에 너는
지울 수 없는 바람이었어

저 멀리 긴 수평 너머로
달려가고 있을 너
찬바람이 창틈으로 들이치며
나의 새벽을 두드리고 있구나

빠르게 변해 가는 계절
산을 붉게 물들이고 그 위로
가을의 향기가 넘실대지만 가을의
낭만은 찾아볼 수가 없었어

숲 그 속에는 가을의 상표인
낙엽의 잔해들만이 뒤엉켜
더욱 슬픈 가을을 연상시키네
그래 너는 결국 계절의
아픔을 모르는 바람이었어

묶음 3

비 오는 날이면 그대가 생각난다

비 오는 날이면 그대가 생각난다

비 오는 날이면 그대가 생각난다
우산 위로 투두둑 하고 소리 내며
떨어지는 박자에 맞춰
빗길을 걸어 봐요
가로등 불빛 사이로 비치는
빗줄기를 바라보며
걷노라면
어느 사이 그대와
감미로웠던 속삭임들
들려오고 있어요

그대와 손 맞잡고
걸었던 그 거리에서의
사랑의 밀어가
촉촉한 빗물 속에
흩어져 그리움으로
감싸지는 밤
어둠을 안은 회색빛 사이로
물안개 퍼지는 거리
아름다운 연인들의 안식처로
그대 같은 마음으로
걸어보지 않으시렵니까

지독한 그리움

긴 밤이 나설 차례인가
쓸쓸히 어둠을 몰고 오는 바람
심연 속에 잠긴 내 마음을 흔든다

멀리서 다가오는 적막감
비켜내지 못하고
운명의 길모퉁이에서 맞이하는
그리움의 파편들

어둠에 세상은 달빛에 의존하며
나약해진 나의 육신을
송두리째 휘젓는다

한계에 부딪힌 우리 삶의 욕망은
쉽게 잠들지 못하고
깊어가는 밤을 멈추지 못하고
고독의 극치가 나를 지배한다

아픈 이별

물끄러미 바라본 하늘
이별의 기억도 희미한데
무슨 미련 때문에
그토록 임의 모습을 하늘에
그리고 있나
말없이 떠난 그 임의 모습을
물끄러미 바라본 하늘에
자꾸만 그리고 있네
받은 상처가 아물지도 않았는데
물끄러미 바라본 하늘에
못 잊는다는 핑계로
다시 그 임을 그리고 있는 나는
지금도 그대 떠난 빈자리를
물끄러미 바라보고 있다

새벽녘

조용한 아침이
그려지는 산사
회색빛 들녘이 아름답다
눈을 뜨면 그려지는
그대의 환상

내 노래 속에
그대 그리움이 매달려
저 멀리 날아가 버릴까
잠시 서글퍼지지만
용기 내어 다시 부른다

그대 환상에
행복해지는 새벽녘
오늘도
용기 내어 산사에서
그대를 부른다
저 먼 세상 밖으로
동행해 달려가고 싶다

내 마음

헤이즐럿 커피 향에
젖어드는 회색빛 아침에
행복한 순간을
그대와 같이 나누고 싶다
언제나 순수한 열정으로
그대를 보는 내 마음
이 회색빛 세상을 함께
하고 싶어진다
항상 따스한 마음으로
그대를 생각하고
헤이즐럿 커피향이
물신 풍기면서 그대품에
안기고 싶습니다
함께할 수 있는 마음과
행복한 얼굴로
한없이 기뻐하는 그대와
즐거운 아침을 맞이하고 싶다

계절에 사랑

차가운 바람 등에 지고
훌훌 털어버렸던 시간
공간 속에 새로운
생명력이 꿈틀거리는
사랑에 빠져든 나

이제 긴 잠에서 깨어나
고개를 삐죽 내밀며
새 옷 입은 너와의 만남
소슬바람 불던 날
너와 나
사랑에 허우적거린다

너의 연두색에 취해
나의 사랑은 끝없고
너의 연두색에 반해
행복에 빠진다

세월의 흐름 속에
우리의 사랑은
고운 가을 향기 타고
내 품을 떠날 때까지
너를 안고 느끼고 싶다

자연 속 내 인생을 찾아

산사의 쪽빛 햇살이
소나무 틈 사이로 파고들 때
솔향기 바람이
내 가슴을 사정없이 때린다

소나무 숲 섶에
내 맘 빼앗기던 시간
힘겨웠던 세월도
신경줄을 놓아본다

산의 높고 낮음
우리네 인생사와 같고
능선 솔밭 숲속마다
넘실거리는 야생화

우리 인생에 돌아가는 수레바퀴
떠나가는 계절을
잡지 못함은
우리네 인생을 닮았다

사랑의 약속

사랑은 밤 하늘에
빛 발하는 별처럼 아름답다
사랑은 보이지 않지만
별보다 더 진한 빛을 내기도 해

골 깊은 계곡의 물줄기처럼
세차게 굽이치며
깨지면서 새로운 힘으로
다시 합하며 흐르는 게 사랑이야

성급한 사랑의 불길도
그 뜨거움을 잘 다스리면
저기 흘러가는 물처럼
고요한 포근함처럼 성숙해

사랑은 언제나
물같이 서로가 같은 수위를
유지하면서 채색되지 않는 것
그것이 사랑의 약속이야

사랑

사랑은 살결 울림
몸이 닿는
순간의 작은 온기
너와 나
느끼는 것은
육체의 뜨거움
영혼과 상관없이
열려있는 몸
꽃을 피우기는 늦었지만
마음만은
항상 젊음이고
살아 있는 동안
너와 나
느낄 수 있는 건
살갑게
떨리는 육체뿐

가을엽서

붉게 채색된 낙엽의
그늘에서
바람타고 들려오는
사연을 받아 적는다
마지막 사라져 가는
낙엽의 잔해 속에
쓰고 있는 가을 연서

살 떨리는 외로움들
늦가을이면
그런 엽서 한 장
사랑하는 사람에게
받아 볼 수 있을까
마지막 낙엽 한 장 떼어내
우표처럼 붙여서
내 임 있는 곳까지 배달해보자

어둠의 고독

어둠이 스며드는
깊은 밤 초롱한 별빛 먹으며
한 잔 술로 세월의
허기를 달래는 자
축 처진 어깨너머
세월에 빚을 진 사람처럼
마음 하나 다잡지 못한 채
허덕이고 있는지
한 잔이 두 잔 되는 이 밤
바람 빠진 풍선같이 일그러진
두 얼굴의 자화상
허무한 고독 속에
어둠은 흐느끼며 역습해온다
술에 취해 있는 밤에
고독은 나를 얄밉게
지배하는 술에 취한 밤

너는 알고 있지

계절의 흐름 속에
많은 아쉬움이 있지만
아주 떠난다고 아주 가는 것이 아님을
너는 알고 있지
사라지는 그 순간은
슬픔의 오감 속에 외롭겠지만
그것은 다시 돌아온다는
자연의 약속과도 같은 거지
새로운 잉태를 위해
어쩔 수 없이 이별의 수순 속에
어지럽던 세월의 저편으로
잠시 윤회할 뿐이지
황혼이 물든 삶의 숲 속에
바람 따라 흘러가는
마지막 낙엽의 안간힘처럼
우리 인생사도 세월의
저편에서 새롭게 태어남을
알아야 하지
이것이 끝이 아닌 우리의
삶에 역정이라는 걸
넌 알고 있지

고독과 낭만

고독의 씨앗이여
낭만처럼 즐겨라 고독을
그래야 가슴앓이를 안하지
서성임 속에
무언의 생각 난무하고
나는 고독하다 하지

죽음도 생각하고 스스로
고독한체하는 남자
독백을 마시는 사람
즐기는 어둠이 과해서 우나
그래서 눈감고 하얀 밤
지새우는 걸까

넓은 세상에 나 뿐일까
고독과의 동행은 새로운
자기만에 삶의 정착이라
생각하기 때문일까
고독도 즐기는 낭만이야
그리 생각해야
지탱할 수 있을 거야

나의 성찰

굳게 닫힌 문밖에서
서성거리며
내몰린 낙오자처럼
석양을 등지고
갈 잎새들의 춤 사이로
울어대는 억새

더는 물러설 수 없는
경지에서
회색빛 하늘을 보며
담장 없는 감옥에 수감 된
수인처럼 다시는
뜨지 않을 것 처럼
움추렸던 태양아

나는
더 이상 움츠리지 않으리라
이른 아침에 활짝 핀
나팔꽃처럼
서늘한 내 꿈 키워서
내 욕망을
더 이상 감추지 않으리라

연녹색의 사랑

청미래 가시덩굴
밑에 덮여 힘겹게 살아온
연녹색의 여린 몸

곱게 자란 자태
어느 날 우연히 당신의
빛을 보았지요

너무나 아름다운
연녹색에 취해 잠시
눈을 감고 말았네

내가 그리움에 지치도록
사랑한 당신의
참모습이라고 내 사랑은
바로 너 연녹색이라고

산의 울림

울창한 숲속의 울음
저 혼자 고독을
앓고 있나
신음소리 요란하다
밤사이 깊게 감싸고 있는
사랑이 하도 깊어
회색빛 아침을 맞아도
그 진통은 안개 속에서도
그리움으로 퍼져
타오르고 있어
저 산 중턱에 걸쳐 있는
구름 속에 잠겨
산은 밤에 모든 사연에도
아침이면 새 모습으로
빛내는 것
저 산의 아름다움이
가슴을 시리게 합니다

가을날에

길 떠나는
누군가의 바스락 소리
길 위에 뒹구는 낙엽
가을이 떠나고 있다

가을 나그네
낙엽 밟는 소리에 맞혀
내 그리움도
바스락거리며 가고 있었다

사랑도 떠날 때
이 가을처럼 훌훌 벗어버리고
바람 따라 흔적도 없이
구름 따라 가버리고

허허로운
이 가을에 뒹구는 낙엽만이
내 마음을 아는 것 같이
바스락대며 울고 있다

바라기

그대 떠난 후에
냉가슴 찬바람만 불어
쓰린 가슴 쥐어틀며
빛바래 가는
내 마음의 키를 붙들고
따스한 햇살로
그대 보고픔에 마음을
달래주고 있었어
시간이 흐를수록 덥쳐 오는
그리움에 틀을 더 이상
냉해를 입지 못하게
감싸 주고 싶어
그래야 내 마음이 편해지니까
그리 생각했는데
한 가닥 내 가슴에 남은
미련 덩어리가
담장을 넘어 해님만
바라보는 바라기가 될 줄
나도 몰랐어

기다림의 설움

기다림의 설움

그대의 약속은
이미 계절을 초월하고
지난 계절에 두고 간
둘만의 사랑의 언약도
빛바랜 복숭아 껍질처럼
변해가고 있어
초승달이 되기 전에
온다고 속삭이던 그대의
사랑의 밀어도
이제는 믿을 수가 없어
들판에 서면 들리는 건
억새의 서걱거리는 울음소리뿐
질식해버릴 계절의
애달픔에 슬픈 기다림
그대 오실까 두리번거리지만
온다던 그대 아니 오시고
기다림에 그리움만
내 삶의 끝단을 거두어 가려고 해
이미 하얀 눈이 내리는데

나만의 독백

가로수 그늘이
사라진지 오래다
그 길 위에
낙엽 하나가 차가운
바람맞아 뒹군다
저만치서 소리 없이
다가오는 계절의 변화
지난 계절의 그리움
그것을 추억이라고
그리워만 해야 하는가
낭만의 계절
가을은 많은 이들을
시인으로 만든다
자신을 스스로 가둬 독백하고
세월의 흔적들을 찾아
그립다 뒤척이며
그 길 위에 묻어 버린다

먼 훗날에

세월이 많이 흘러도
지나간 나의 삶들이
아름답다 생각이 든다면
얼마나 좋을까
어두운 날도 비켜 가지 않고
순간의 고통도
빛바랜 일도 인내하며
삶의 시너지를 생각하고
내일의 행복이 찾아 온다고
채찍질하다 보면
먼 훗날에
그 마음들이 모여
오늘에 슬펐던 삶들이
소중한 내일의 행복으로
찾아와 주겠지
내일의 행복으로

가을 속앓이

구름이
병풍처럼 둘러쳐진
하늘가에
희미한 달빛이
별을 바라보고 있다

차가운
가을 밤바람 속에
짝을 찾는 귀뚜라미
울음소리
애절하게 들려오고

이 가을밤
외로움에 치를 떨던
부엉이 울음소리도
장단을 맞추고 있네

가을밤은 점점 깊어가고
즐거웠던
낮의 거리를
멀리 보내고 있네

친구야

회색빛 세상
풀잎에 맺힌 이슬의
보석 같은 영롱함
우연히 만나
옆에만 있어도 가슴이
따뜻해지는 너
소중한 약속을 한 것처럼
기다려지는
마음이 생기는 너
사랑이 아닌
그리움으로 내 마음 한편에
혼 같이 자리한
너는 영원한
나의 보석 같은 친구다

비 오는 날

가랑비 오는
들녘 넘어
푸르게 출렁이는
파도에
밀려가듯 해변의
추억은
사라지고 있다
너와의 화려했던
추억들도
오는 가랑비 속에
모두 씻어
버리려나

빗방울에
갇혀있던 그리움도
미련없이
하나둘씩 씻어
나가고 있다
미움과 갈등의
한자락까지도
빗물과 같이
영원히
흘려 보내련다

보이지 않는 너

보이지 않지만
만져 보고 싶은
네 향기야
만져보고 싶다
보이지도 않는
너를 우리는 늘
기다리며
그리워한다
보이지는 않아도
찾아드는 나비는
그 움직임이
화려하다
계곡 물 속에
은은하게 배어나는
향기야 네가
아련한 그리움이다

어둠이 스칠 때

어둠이
스며드는 밤
네 마음의 세찬 비가
바람을 타고
내 창가에 들이치는 날
내 마음에
봄의 기운이 넉넉하지 못하지만
네 마음에 봄을
맞이하고 싶다

밤의 고독은
이렇게 시작되어 내 육신을
늘 죽음의 늪에서
허덕이게 하지만
난 그래도
언제나 너를 반길
마음의 준비가 되어있는데
너는 아쉬움도 없이
고독만 남기고
멀어져만 가고 있다
어둠을 몰고

계절의 아픔

훌훌 벗어버린 가을
임 떠난 내 마음속 같이
텅 비어있다
계절의 흐름
그 속에 깊은 심연의 허허로운
내 마음은
세상의 모든 것이 멈춰버릴 것 같다
사라져가는
낙엽 위로 하얀 눈이
나를 감싸 안지만
가을의 들녘에 멈춰버린 나
가슴속에 감춰둔 그대의
사랑이 쉽게 지워지지 않고
내 가슴 비수가 꽂히는
아픔으로 남아 있어
가을에 기대고 있는
나를 본다

사랑의 힘

굵은 빗소리에 발맞춰
한 몸이 된 연인들
뜨거운 희열과 열기를
발산한다

어느 사이 온몸은 추위에
떨듯 바들바들
흔들리고 있다
마음의 속내는
성찰의 여유도 없다

온몸을 때리듯
내리는 강한 빗줄기는
연인들에 허기진 사랑을
질투하듯
얄밉게 온몸에 젖어든다

사랑의 열기로 달아오른
연인들은
약속이라도 한 듯
떨어질 줄 모르고 사랑의
종착역으로 달려가고 있다

당신이 그리운 날에

당신이 그리운 날에
밤하늘 은하수 속에
당신의 얼굴 그려 봅니다

밤하늘에 말없이 떨어지는
유성처럼 당신도 내게서
멀리 떠나갔지만
나는 슬프지 않아요

당신 보고프면
빛나는 은하수 속에
당신 얼굴 그려 놓고
보고 있을 테니까요

여명이 밝아오면
당신은 끝내 사라지고
어둠이 오는 밤이면
낮달에 지워진 당신의 얼굴이
나를 반겨줄 테니까요

나 이렇게 살아가리

내 인생의 뒤안길을
돌아서 보면
늘 후회되는 일이
많았다고 생각하지
생각해 보면
내 인생에 아쉬웠던 날들이
너무나 많았지

앞으로는 앞만 보고
여유를 가지고
즐기는 삶을 살아야겠지
다가오는 오늘의
시간에 감사하며 여유롭게
행복한 삶만을
생각하며 살아가리라

사랑아 · 1

사랑은 언제나
나의 곁에 있다고 생각해
길을 가다가도
스치는 바람 타고 속삭이듯
내게로 다가오는 것 같아

이렇듯 사랑에 빠지면
자기도 모르게 또 다른 세상이
내 앞에 날아든 것 같이
착각하며 살아간다

사랑이 점점
깊어 간다는 것은 또 하나의
그리움에 시련이 아픔이
내 영혼을 고행의 시간대로
내몰고 있다는 거야

안갯속에 숨어들어
애태우는 사랑아 들끓는
내 육신을 더는 떠밀지 말고
돌아오는 계절에
머물 수 있도록 가둬 두렴

내 가슴속에

복잡한 그리움에
마음 하나하나 걸러서
사랑이라 말하기 전에
작지만 큰 마음의 텃밭에다
행복의 꿈 심어야겠다
청명한 가을 하늘 향한
들에 핀 야생화처럼
진한 향기 혼을 담아
내 마음의 텃밭에
뿌려놓아야겠다
회색빛 바람에
뒤척이다가
하얀 눈밭 속에 강렬한
햇살이 들이친다 해도
내 텃밭에 뿌려 놓았던
너를 생각하며
그것을 위안 삼아
살아가리라

즐거운 제사

제사가 즐거운 것은
모처럼 한마음으로
마음을 열고 모인
가족들의 시간 때문일 거다
음력 팔월 십오일 아침
조금 열어둔 문 사이로 바람이 든다

아버님의 헛기침 소리가
향 내음에 섞여 일렁거린다
내려놓은 술잔 옆에 피어오르는
향 연기 속에 들려오는 아버님의
헛기침 소리
올해는 어머니하고 같이 왔다 하네

탕 속에 숟가락을 젓는 아내
촛불은 타오르기 시작한다
이왕 벌린 만찬이니
많이 먹고 가자하며
영혼들의 소리에 저 멀리
보이는 산도 그 소리에 편한 듯
낮고 포근한 구름이
산허리를 감싸 안고 있다

뭘 모르는 아이들의
즐거운 제사가 이제 막
시작되고 있다

사랑아 · 2

따가운 초여름 햇살처럼
뜨거움 가득 담아
그려보는
너와 나의 사랑

산사에
짙은 솔향
초록이 묻어나고

밀려오는 그리움
추억이 한 자락
노래를 부르듯
토해낸 사랑

사랑은 가슴으로
담는 거라며
짙은 초록의 향기
또 다시
나를 아프게 한다

인생의 수순

인생사 새옹지마라 하지만
깊은 사랑은 울창한 숲에서
신음을 하면서도 그리움과
기다림에 신음하며
고독을 앓으면서 오늘을
지탱하고 있다
기나긴 어둠을 뚫고 산모가
진통을 하듯 밝은 빛을 발하는
태양은 산의 기운을 넘어
신비로운 자태를 들어내며
힘차게 도약하고 있다
언제나 홀로 바라기를 한 산은
계절의 초입이면 변화무상하게
달라지며 기다림에 지친 나에게
새로움에 그리움을 한아름 주고
마냥 기다리란다
침묵을 지킨 채
그게 인생의 수순이라면서

첫눈

흘러간 추억
마음의 창
첫눈이 오는 날
시간의 세월 속에 쌓인
마음속 상념 날려보내고
내 안에 자리하고 있는
그리움의 틀을 고쳐야겠어
어두운 그림자도 걷어내고
하얀 눈으로
예쁘게 포장해서 그대와 추던
왈츠를 회상 해야겠어
바람이 들면 서걱이던
억새 울음소리 들으며
그대와 같이 춤을 춰야겠어
겨울을 안아보면 따뜻한 것
그 온기를 벗삼아
첫눈이 내리기 전에
추억의 창을 열어 두어
겨울의 단아한 추억을 다시 만들어
그대와 동행하고 싶어

황혼의 길 위에서

황혼의 길 위에서

먹구름 흐르던 날
그대의 얼굴이 보고싶다
뒷산 숲의 늪에서
메아리치며 울려퍼지는
소쩍새 누구를 찾아
구슬피 울어댈까
저 멀리 울려퍼지면
달려가는 소쩍새 울음소리는
당신의 울음소리 같아
내 가슴이 메어온다

내가 언제나 한길을 걸으며
한 갈래 길을
걸을 수 있다는 것은
당신이 나에게
기다림의 틀을 가르켜주었지
그리웠던 세월 다 지나고
이제 당신과 함께 할
저 아름다운 황혼의 길목에서
더 이상 황혼의 밭이
저물지 않도록
그 문턱을 지키고 싶다

우리의 길

어둠속 바람이 불어올 때 쯤
마지막 나의 반쪽하고 마냥 걷고 싶다
한 세월을 힘겹게 마감하고
모든 사심 내려놓은 채
먼 길 떠나며 손 흔드는 잎새처럼
지나온 삶의 구부러진 등
활짝 펴며 걷고 싶다

간절한 그리움에 멍울이
조금씩 못다한 사랑에 마음 포개어
달래며 함께 가야할
그 길이 멀다해도 난 견디며
같이 가는 법을 배웠지
우리 동행의 길 위에서
가야할 길이 생각나지 않는다 해도
우리의 종착역은
이미 정해져 있어 당신이
그 길을 잊으면 나는
당신 손 꼭 잡고 달려 가테니까
이세상 끝까지

내 삶의 의미는

우리의 삶은
먼 곳을 지나온 시간의 여행자
지나온 추억을
그립다 말하지 마라

피부 깊숙이
파고드는 지난 발자취를
그리워하며
지나온 것은 아쉬운 흔적 뿐
부러워마라

앞으로 남은
시간들 속에
후회 없는 삶을
즐길 줄 아는 사람

저녁 만찬 후
커피 향에 빠져
사랑하는 님과 함께
한곳만 바라보며
여유로운 시간과 멋을
누리는 삶을 갖고 싶다

겨울여행

차디찬 바람이
얼굴에 스치며 지나간다
하이얀 눈 벗하며
마냥 어딘가 떠나고픈 날
반갑고 그리움에
하얀 눈은 추운 날씨에도
반갑다고 그립다고
나를 맞는다

겨울 옷으로 갈아입은
앙상한 나목들은
가지 위에 겨울옷으로
단장하고 회색빛 세상이
아름답다
푸르고 높은 겨울 하늘
그 아래 뭉개구름도
나를 반기는데 움추렸던
내 몸도 겨울나목의 정성에
불어오는 칼바람도
따스함이 느껴진다

하나의 사랑

닮은꼴 분신이라고
한솥밥 먹으며
희비애락을 같이 동행했던
당신의 마력에 끌리던 나
저 은하수 별을 세며
수 없는 밤을 지새웠건만
때때로 당신의 등 뒤에서는
알 수 없는 낯설음이
깔려있다
당신의 알 수 없는 속내와
나의 엮어 놓은 사연
그 속에서 언젠가부터
기쁨은 사라져가고
슬픔과 아픔이
쌓여가고 있다
하나가 된 우리 왜 우리는
둘이 되어갈까요
이것이 나만의 외로움 인가요
내 목숨같이 사랑하는
열꽃 피었다 졌다

겨울 산하

겨울 옷으로 치장을 한
겨울 산 추울수록
아름다운 옷을 입는다
겨울 산을 찾은 나
숨결에서 피워 낸
삶의 전율 아름다운
성애꽃 환상이네
하얀 설원을 달려가는
새벽의 야생마
설원의 아름다움에 취해
고삐를 늦춘다
정열의 가슴이 토해낸
숨결이던가
아름다운 하얀 성애꽃

사랑이란

수 많은 사람들 속에서도
언제나 한눈에 띄는 사람
특별한 존재감의 그대
그대는 내 사랑입니다

감추려고 해도
들어나는
그대에 대한 마음
그대는 내게
없어서는 안될 사랑입니다

사랑은
한 방향으로
달려가는 기관차
한 사람만을 위해 달리는
마라토너입니다

혼탁한 영혼에게

힘겨운 세파 속을 헤치며
그대에게 달려가렵니다
지금에 내 숨소리는
탁하지만 그대 향한 갈망으로
맑고 투명한 물과 같아
지금 이 심정이라면 한없이
그대의 품 속으로 빨려
들어가고 싶습니다
그대여 내 마음에 맑은 물이
더럽혀지기 전에
나를 거두어주오

다만 그대의 숨결이
넘치지 않게 나에 부족함을
잘 담아주길 바랍니다
내 작은 가슴에도 그대 사랑
가득히 채워 힘 있게
굽이쳐 흘러가는 강물 되어
바다로 나갈 수 있도록
영원히 변하지 않는
우리의 사랑을 넓은 바다에
우리 마음 전해주고 싶습니다

가을 속으로

뜨겁게 타오르던 여름 숲
열기로 그 안이 보이지 않았던 날들이
가을 숲으로 모든 것을
벗어 버리고 있다
내 속마음 같은 사랑
가을을 맞는 숲은
순서에 따라 옷을 갈아입는다

낙엽의 바스락 소리에
가을에 기대어 울던 너
나뭇가지에 몸부림치는 잎새
그만 그 손을 놓으라 하며
내 마음 달래 보지만
헐벗을수록 여름 숲이
그리워 진다오
이제는 추억의
한 페이지가 된 너
화려한 가을 속에
한번 빠져봐

메마른 영혼에게

골 깊은 삶 메마른 산하
단비가 생명수가 된 요즘
물이 생명이며 영양제이다
임이여 언제 오시려나
그대를 갈망하며
지새운 지 오래
임이여
그대를 맞이할 준비는
모두 마치고 문을 열어 두었지만
끝없는 기다림만 도래할 뿐
임의 소식은 알 수가 없습니다

임이여
더 이상 나를 시험에 들지 않게
지혜롭게 헤쳐나갈 수 있도록 해주오
임의 은혜로 냇물이
강물 되어 흘러 돌아서
커다란 바닷물결을 이룰 수 있도록
은혜를 베풀어 만물이
당신의 발아래서 즐거움의
행복한 삶이 되도록 만들어주오

가을의 수렁으로

기나긴 여름이 가고
짙은 향기를 몰고 가을이
다가오며 내 마음을
끝없이 깊은 가을밭으로
내밀고 있어
늘 삭막한 내 가슴은
그리움에 지쳐
밀고 오는 너를 막지 못하고
고독의 수렁텅이로
빠져들고 있어

정지하지 못한 그리움이
익숙하게 내 안에
들어앉아 발작하고
정지한 것 같은 사무침이
피사체인 사진틀 같아
가을은 그리움을 앞세워
시간 속으로의 여행을
정지시키고 그 속으로 나를
내 몰았어 내 마음까지도

비 오는 날에

비 오는 날이면
우산도 없이 그대와 같이
빗길을 걷고 싶어요
가로수 불빛 사이로 비치는
빗줄기의 향현을 보며
그대와 어깨를
마주하고 나란히 걸으며
그대와 같은 체온을
느끼며 당신에 감미로운
사랑에 속삭임을 들으며
내일을 설계하고
촉촉하게 젖은 당신의
손길을 감아쥐고
그동안 못다한 당신의
그리움을 느껴야겠어요

수평선의 희망

밀려가다 밀려오는
바닷가에
갯벌은 황폐한
모습으로 텅 비워지며
시간이 흐를수록
그리움이 너울로
가득 채워지고
갯벌에 닻을 내린 어선의 깃발은
작별의 손수건

바닷물이 빠진 포구의 갯벌은
게들의 만찬이 진행 중
마음 놓고 뛰어도 되는
넓은 공간이 만들어지는 갯벌
어머니의 젖무덤처럼
생명이 꿈틀거리고
지평선 넘어
밝아오는 여명
횃불처럼 타올라
수면으로 떠오른다
내일의 희망을 알리듯

비애

노을 속에 잠든
지난 세월이
민들레 홀씨로 날아가듯
떠나가는 인생아
섧다고 외쳐도
떠나간 가을의 들판
차디찬 가슴속에
뜨거운 열꽃이
피고 지기를 몇 번
흐르는 강물에
삭히어 보는
그대의 연가
돛단배 홀로
밤하늘을 헤맨다

지친 그리움

이번이 마지막이야
지난 여름 그대의 언약들
다시는 너를 두고
가지 않는다는 언약
아직도 유하나
이미 여름은 지나가고
서걱대며 울어대는 억새풀
어느새 흰 눈이라도 오면
그대 오실까

애달픔에 바람만 일어
억새의 울음소리만 무성하다
체념과 불면이 앞지르는 밤
깊게 파들어간 속마음에
생채기만 더해가네
봄이 가면 오신다던 그대
기다림에 지쳐
허물어진 나의 육신
언제쯤 그리움 거두워 가시려나
이미 하얀 눈 내리고 있는데

가을 사랑

뜨겁던 햇살도
이제 계절에 기대어
떠나고 있어요
그리움에 잔해도
지친 모습으로
고개 쳐들며 계절의
문을 열고 있다오
설렘의 사랑
흔들린 네 양혼 앞에
눈물을 흘리며
다가오고 있어요
가을의 넓은 가슴
그 유혹에
절제되고 성찰 된
마음들이 꽃 피워요
사랑의 가을빛을
곱게 물들이며
오는 계절 앞에서

풍경

갯벌을 휘저으며 먹이를 찾는
갈매기 포구에는 삶의 냄새가
물신 풍겨든다
주변의 어시장에는
새우가 뛰고 우럭이 펄떡대며
바다 장어가 호롱통 속에 들어가
옹기종기 모여있다

포구의 갓길에는 술꾼들이
추억을 노래하며 흘러간 삶을 파느라
떠들썩 정신이 없다
그리움이 여기에 있었나 보다
바닷물은 어느새 밀물되어
갯벌을 덮어 버렸다
어부들의 삶이 여기서부터 시작하며
지나간 추억을 내려놓고
하나둘씩 떠나가는 포구의 풍경
또 다른 모습으로 저물고 있다

세월

언제부터 내렸는지
창문을 두드리는 빗소리에 눈을 떴다
창 너머로 보이는 산이 성큼 다가서 있다
창문에 빗방울들이 안타깝게 매달려 있다
비가 멈췄다
산이 안개 속으로 숨는다
침대에서 일어나 창문을 연다
시원한 바람이 방 안으로 가득 들어와
한 바퀴를 돌고 나간다
활짝 열어 바람을 불러들인다
바람에 머리카락이 날리고 달력이 흔들린다
세월이 흔들리는 걸까?
아니다
세월은 그저 말없이 흐른다
내가 아무리 멈추려고 해도 시간은 멈추지 않는다
거울 앞에 선 내 머리가 하얗다
까까머리 학생이 언제 이런 백발이 되어 있는 건지
아무리 잡아도 잡을 수 없다고 했던가
참 정신없이 앞만 보고 달려왔는데 이제
황혼이라고 말을 한다

황혼
마음은 아직도 까까머리 학생인데
안개가 사라지고 선명한 산이 빙그레 웃고 서 있다
거울에 비친 내 모습을 보며 웃는 나처럼

인지생략

over a wall
poetry
18

비처럼 스며드는 내 **삶**의 한 **조각**

2012년 11월 03일 초판 1쇄 인쇄
2012년 11월 07일 초판 1쇄 펴냄

지은이 | 이종덕

펴낸이 | 송계원
디자인 | 송동현
펴낸곳 | 도서출판 담장너머
등 록 | 2005년 1월 27일 제2-4102
주 소 | 100-272 서울시 중구 필동2가 84-10, 105호
전 화 | 02-2268-7680
팩 스 | 02-2268-7681
이메일 | overawall@hanmail.net

2012 ⓒ 이종덕

ISBN 89-92392-29-7 03810
값 10,000원

* 파본은 본사나 구입하신 서점에서 교환해드립니다.